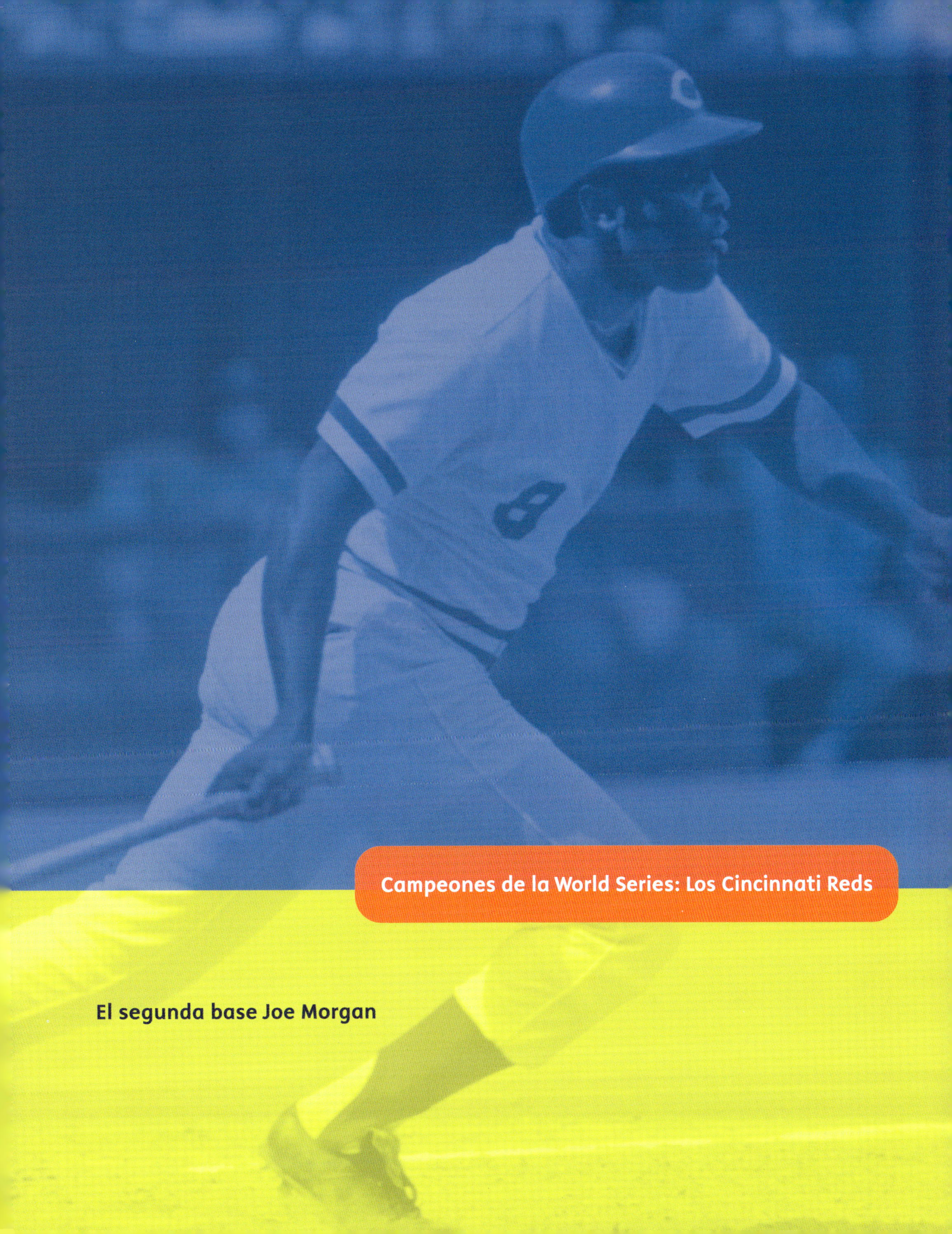

El segunda base Joe Morgan

El segunda base Jonathan India

CAMPEONES DE LA WORLD SERIES

LOS CINCINNATI REDS

MICHAEL E. GOODMAN

CREATIVE EDUCATION/CREATIVE PAPERBACKS

Publicado por Creative Education y Creative Paperbacks
P.O. Box 227, Mankato, Minnesota 56002
Creative Education y Creative Paperbacks son marcas editoriales de The Creative Company
www.thecreativecompany.us

Dirección de arte por Tom Morgan
Diseño y producción por Ciara Beitlich
Editado por Joe Tischler

Fotografías por Alamy (Tribune Content Agency LLC), AP Images (Mike Janes, Reds Lombardi), Corbis (Paul Richard), Getty (Dylan Buell, Diamond Images, Focus On Sport, Andy Lyons, Joe Puetz, Ezra Shaw), Library of Congress (Bain News Service), Shutterstock (Sean Pavone)

Library of Congress Cataloging-in-Publication Data
Names: Goodman, Michael E., author.
Title: Los Cincinnati Reds / [by Michael E. Goodman].
Description: [Mankato, Minnesota] : [Creative Education and Creative Paperbacks], [2024] | Series: Creative sports. Campeones de la World Series | Includes index. | Audience: Ages 7-10 years | Audience: Grades 2-3 | Summary: "Elementary-level text and engaging sports photos highlight the Cincinnati Reds' MLB World Series wins and losses, plus sensational players associated with the professional baseball team such as Johnny Bench"-- Provided by publisher.
Identifiers: LCCN 2023015524 (print) | LCCN 2023015525 (ebook) | ISBN 9781640269415 (library binding) | ISBN 9781682774915 (paperback) | ISBN 9781640269651 (ebook)
Subjects: LCSH: Cincinnati Reds (Baseball team)--History--Juvenile literature. | Cincinnati Red Stockings (Baseball team)--History--Juvenile literature. | Great American Ball Park (Cincinnati, Ohio)--History--Juvenile literature. | Riverfront Stadium (Cincinnati, Ohio)--History--Juvenile literature. | World Series (Baseball)--History--Juvenile literature. | National League of Professional Baseball Clubs--Juvenile literature. | Major League Baseball (Organization)--History--Juvenile literature. | Baseball--Ohio--Cincinnati--History--Juvenile literature.
Classification: LCC GV875.C65 G6618 2024 (print) | LCC GV875.C65 (ebook) | DDC 796.357/640977178--dc23/eng/20230411

Impreso en China

Campeones de la World Series de 1990

El catcher Tyler Stephenson

CONTENIDO

El hogar de los Reds

Cincinnati, Ohio, es una ciudad concurrida junto al Ohio River. Los botes que navegan cerca de Cincinnati pasan por un gran **estadio** llamado Great American Ball Park. Ese es el hogar de un equipo de béisbol de la Major League Baseball (MLB) llamado los Reds.

Los Reds son el equipo de béisbol profesional más antiguo de los Estados Unidos. Son parte de la División Central de la National League (NL). Sus mayores **rivales** son los St. Louis Cardinals. Todos los equipos de la MLB intentan ganar la World Series para convertirse en campeones. Los Reds han ganado cinco **títulos** de la World Series.

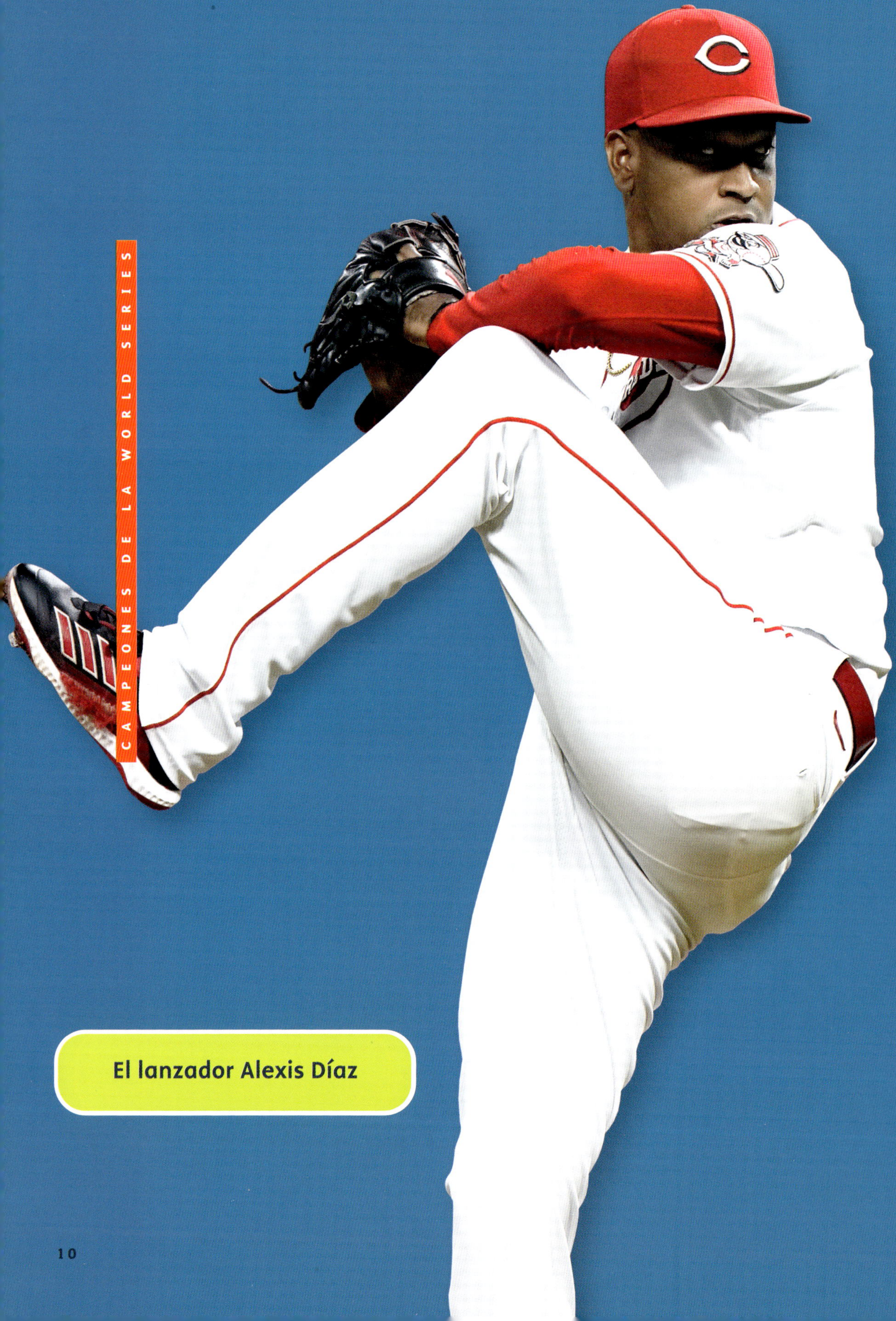

El lanzador Alexis Díaz

Nombrando a los Reds

Los Reds comenzaron a jugar en 1869. En aquel momento, el club se llamaba los Red Stockings. Los jugadores llevaban altos calcetines rojos. El nombre se acortó a Reds desde 1876 hasta 1880 y nuevamente en 1890. Durante cinco años, la década de 1950, el equipo fue conocido como los Redlegs. Volvieron definitivamente a los Reds en 1959.

El jardinero Edd Roush

Historia de los Reds

Los Red Stockings eran increíbles en 1869. No perdieron ni un juego en toda la temporada. ¡Marcaron 103 carreras en un juego!

Los Reds capturaron su primer **banderín** de la NL en 1919. ¡Vencieron a los Chicago White Sox para ganar la World Series! El jardinero Edd Roush bateó muchos hits.

Los Reds ganaron su próxima World Series en 1940. Vencieron a los Detroit Tigers. Su mejor jugador fue el catcher Ernie Lombardi. Era un corredor muy lento, pero era un gran bateador. Más tarde, fue elegido para el **Salón de la Fama**.

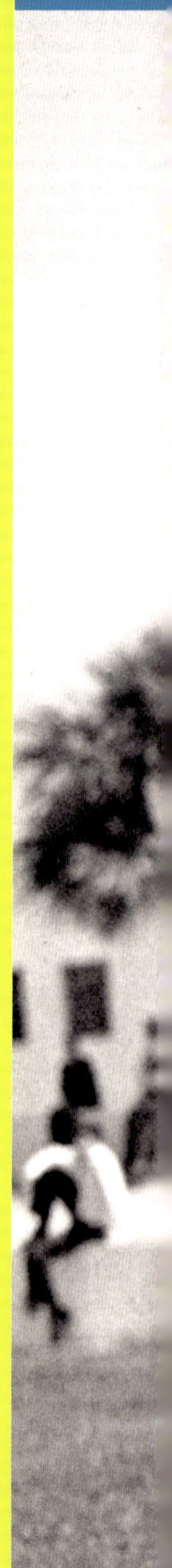

El catcher Ernie Lombardi

El tercera base Pete Rose

En la década de 1970, el mánager Sparky Anderson formó un equipo estupendo. Los aficionados los llamaron "The Big Red Machine" (la gran máquina roja). Capturaron títulos de la World Series en 1975 y 1976. El capitán del equipo era el tercera base ambidiestro Pete Rose. Rose siempre jugó duro. Estableció muchos récords con su bateo, tanto con la mano derecha *como con* la izquierda.

Los Reds no fueron tan buenos durante los siguientes 15 años. Pero en 1990, el nuevo mánager Lou Piniella los ayudó a llegar nuevamente a la World Series. Los Reds vencieron a los poderosos Oakland Athletics en un **resultado inesperado**.

Otras estrellas de los Reds

Muchos miembros de la Big Red Machine fueron nombrados para el Salón de la Fama. El catcher Johnny Bench fue un excelente bateador y jardinero. El segunda base Joe Morgan bateó jonrones y robó bases. El primera base Tony Pérez fue siete veces en Juegos de Estrellas.

El catcher Johnny Bench

El primera base Joey Votto

El primera base Joey Votto ha bateado más de 300 jonrones para los Reds. Él fue el jugador más valioso de la NL en 2010.

En la década de 2020, las jóvenes estrellas como el catcher Tyler Stephenson y el lanzador zurdo Nick Lodolo se han convertido en líderes del equipo. Los aficionados esperan que ellos ayuden a lograr otro título para Cincinnati pronto.

Sobre los Reds

Comenzaron a jugar en: 1869

Liga/división: Liga Nacional, División Central

Colores del equipo: rojo y blanco

Estadio local: Great American Ball Park

CAMPEONATOS DE LA WORLD SERIES:

1919, 5 juegos a 3, venciendo a los Chicago White Sox

1940, 4 juegos a 3, venciendo a los Detroit Tigers

1975, 4 juegos a 3, venciendo a los Boston Red Sox

1976, 4 juegos a 0, venciendo a los New York Yankees

1990, 4 juegos a 0, venciendo a los Oakland Athletics

Sitio web de los Cincinnati Reds:
www.mlb.com/reds

Glosario

banderín: un campeonato de una liga; un equipo que gana un banderín juega en la World Series

estadio: un edificio con niveles de asientos para los espectadores

resultado inesperado: una competición en la que el equipo que la mayoría de la gente cree perderá termina ganando

rival: un equipo que juega muy duro contra otro equipo

Salón de la Fama: museo donde se honra a los mejores jugadores de todos los tiempos

título: otra forma de decir campeonato

El lanzador Nick Lodolo

Índice